蝸牛爬慢慢

一隻蝸牛發現慢吞吞有多重要的故事。

路易斯·賽普維達 Luis Sepúlveda——著
葉淑吟——譯　徐存瑩——繪

晨星出版

推薦序

認識自己，說自己的故事

——柯華葳（前國家教育研究院院長）

《蝸牛爬慢慢》，是一本至少要讀兩遍以上的書，而且要慢慢讀，要有蝸牛的慢，否則可能無法體會爲什麼要有這本書，當然也不能理解蝸牛慢吞吞的重要性。

故事出於小孩問阿公，爲什麼蝸牛爬這麼慢？這問題眞不好回答。蝸牛不慢，不成蝸牛。但爲什麼蝸牛會慢？問題核心是爲什麼動物各有特色，有其本質？更嚴肅的是，個別動物沒有名字，就像蝸牛都叫蝸牛，這怎麼好？整合本質與名字的問題，阿公要回答孫子的是，我是誰？爲什麼我是這樣的我？這個

「我」包括我的族群、我的族群與別的族群的關係以及在族群裡的我。這是世界第一大問，每個世代都有人問的問題。讀者或許疑惑，每個世代都問，還沒有答案？是的，答案因人而異，很難回答。阿公也因此不確定什麼時候能夠回答孫子的問題，慢慢想了以後，說了這個故事。

為什麼蝸牛又慢又安靜？許多蝸牛寧願避而不談此問題，因為找不到答案，只好接受宿命。但三不五時，總有人（蝸牛）抗議宿命論。書中用了有趣的詞彙，以「異議份子」和「例行工作」來對比，描述這隻抗議的蝸牛和牠的同伴。這隻蝸牛有了名字後——「異議份子」會有怎樣的行為？他會學到蝸牛慢吞吞的原因嗎？

既然被稱作異議份子，表示牠不容於團體。牠離開蝸牛群一陣子去尋找自我。途中，蝸牛遇到烏龜。烏龜也慢，但烏龜似乎接受自己的慢，了然於心的說，牠有非常多的時間，所以慢，也長出龐大的身體，可以用來保存記憶。這是阿公寫給烏龜的說法。蝸牛慢是為什麼，阿公也有一套說法。總之，異議份子蝸牛有了個專屬的名字，讓自己絕無僅有。見過了世面，牠發現了現實生活中的一些問題，使牠成了拯救其他生物的英雄。但回到蝸牛群中，受的盡是嗤之以鼻、冷嘲熱諷的待遇。這位先知在本城本地不受尊敬，再添一樁事例。

然後呢？阿公的故事繼續。重要的是，你覺得蝸牛爲什麼慢？阿公在書中提供了烏龜、蝸牛的說法供讀者參考，你可有什麼不一樣的說法？你的說法很重要。因爲你和我偶而也會問自己「我是誰」。透過阿公的故事，學到的不只是烏龜、蝸牛爲什麼慢，還有自己對自己的說法。換句話說，你怎麼說自己的故事？我想是作者阿公更希望傳遞給孫子的訊息吧！

作家——

路易斯 · 賽普維達（Luis Sepúlveda）

智利人（1949-2020）

賽普維達，智利人，生於1949年。是著名暢銷書作家，其作品《教海鷗飛行的貓》（Historia de una gaviota y del gato que le enseñó a volar）已翻譯成四十多國語言，更於全球銷售逾五百萬冊。在台灣深獲全國教師與各界創作者之肯定。

賽普維達的名字常見於各大文學獎項之中，如西班牙文學殿堂的春天小說獎（Primavera de Novela Prize）、義大利塔歐米那文學獎（Taormina Prize），以及海明威文學獎（Hemingway Lignano Sabbiadoro Prize）等。

他早年積極參與學生運動，甚至是領袖之一。但礙於政變與後來智利的政權情勢，他不得已離開了家鄉智利。然而之後的逃亡生涯，奠定了他日後琢磨文思的基石，他輾轉經過了阿根廷、烏拉圭、巴西、巴拉圭，最後倚靠朋友落腳於厄瓜多爾。

後來他掌管法蘭西聯盟劇院，並成立一間戲劇公司，同時參與聯合國教科文組織（UNESCO）的考察活動，研究殖民對舒阿爾印地安人（Shuar Indians）文化的衝擊。考察期間，他與舒阿爾印地安人一同生活了七個多月，他因而了解到拉丁美洲是由多元的文化組合而成，他所以爲的馬克思主義，並不適用於這樣一個仰賴自然環境生存的民族。

1982年，在成爲新聞記者之後一年，因緣際會之下，他接觸了綠色和平組織（Greenpeace），並登上其中一艘船隊，隨船工作了五年。而後仍持續致力友善環境的工作，並成爲綠色和平組織與各機構的橋樑。無論是與舒阿爾印地安人共同生活，抑或是參與綠色和平組織的活動，都對他日後的著作有著極大的影響與幫助。

在文壇，賽普維達素有「環保作家」的美名，其作品皆絲絲入扣於環境與人道議題，他善用動物的視角述說故事，拋開人類的思想軌跡，藉由動物的眼眸，爲我們道出一篇篇感動人心的寓言篇章。

《教海鷗飛行的貓》

(Historia de una gaviota y del gato que le enseñó a volar)

《小米、小麥與小墨》

(Historia de Mix, de Max, y de Mex)

《蝸牛爬慢慢》

(Historia de un caracol que descubrió la importancia de la lentitud)

《忠犬人生》

(Historia de un perro llamado Leal)

《白鯨莫查迪克》

(Historia de una Ballena Blanca)

目錄
Contents

關於這個故事……

幾年前，當我們在家裡的花園，我的孫子丹尼爾全神貫注地觀察一隻蝸牛。忽然間，他轉過頭來看我，問了我一個難以回答的問題：「爲什麼蝸牛爬這麼慢？」

當時我告訴他，不能馬上回答他的問題，但保證會給他一個答案，我不確定什麼時候，不過說到一定做到。

因爲說到要做到，我就利用這篇故事來回答他的疑問。當然，這個故事是要獻給我的孫子丹尼爾和加布列爾，我的孫女卡蜜拉、奧蘿拉以及瓦倫汀娜，還有獻給花園裡爬得慢慢的蝸牛。

第一章

宿命

離你家或我家不遠的一片草地上，住著一個蝸牛聚落，牠們深深相信自己住在樂園裡。

這些蝸牛不曾爬到草地的邊緣，更不用說爬到那條越過最後幾叢野草後綿延而去的柏油道路。牠們既然不曾離開，自然也無從比較，所以牠們不知道，對松鼠來說，山毛櫸的頂端是牠們的樂園，或者在蜜蜂看來，充滿歡笑的樂園是矗立在草地另一頭一排排的木頭蜂巢。牠們無從比較，也不在乎，在牠們眼裡，這片在雨水滋潤下生長著茂密蒲公英的草地，是牠們生活的樂園。

春天的腳步翩然而至，頭幾天的陽光輕柔照撫，將牠們從冬眠中喚醒，牠們輕輕地抬起殼，露出足夠的縫隙伸出頭，接著，立刻伸展頂著眼睛的觸角。這時，牠們滿心歡喜，發現草地上長滿野草野花，當然囉，還有讓牠們垂涎欲滴的蒲公英。

幾隻年邁一點的蝸牛稱這片草地爲「蒲公英國度」，叫一叢茂密的臘梅樹爲「家園」，每到春天，這棵灌木叢都會帶著重生的力量，從被冬天冰霜摧殘的枯葉殘骸中復甦。多數時間，蝸牛都躲在它的葉子下，避開鳥兒銳利的目光。

牠們稱呼彼此，只用蝸牛這個字，有時這樣會引起混淆，想要弄清楚，速度卻又慢半拍。比方說，聚落裡有隻蝸牛想跟同伴說話，當牠低聲說：「蝸牛，我要跟你說一件事。」這句話就可能引起其他蝸牛紛紛回頭。牠左邊的同伴，把頭轉向右邊，右邊的同伴，把頭轉向左邊，前方的同伴，把頭往後轉，後面的那個同伴則伸長脖子，大家都齊聲回答：「你是跟我說話嗎？」

碰上這樣的狀況，想要跟同伴講話的那隻蝸牛會慢慢地移動，先是往左邊，然後往右邊，接著又往前或往後，一遍接著一遍說：「不好意思喔，我不是要跟你說。」直到找到眞正要找的蝸牛，要講的東西十之八九不離在樂園日常生活中發生的某件芝麻小事。

牠們知道自己又慢又安靜，又慢又安靜到不行，牠們也知道這樣的慢和安靜是牠們的弱點，比其他能快速奔走和發聲警告的動物，脆弱太多了。爲了避免這樣的慢和安靜勾起牠們的恐懼，牠們寧願避而不談，接受自己又慢又安靜的宿命。

「松鼠會尖叫著在樹枝間快速地跳來跳去，金翅雀跟喜鵲會快速地飛翔，一隻吟唱一隻啼叫，貓狗會快速地奔跑，一隻喵喵叫一隻汪汪叫，但是我們又慢又安靜，這就是我們的宿命，沒辦法呀。」老一輩的蝸牛習慣這麼說。

即便如此，牠們之間有隻蝸牛，雖然牠也接受自己動作無敵慢，超級無敵慢的宿命，但是在同伴的低語間，還是想要弄清楚慢吞吞的原因。

第二章

尋找答案

這隻想要知道爲什麼動作慢吞吞的蝸牛，如同其他同伴沒有名字，牠因此憂心忡忡。牠覺得沒名字實在不合理，當某隻上了年紀的蝸牛問想要名字做什麼，牠一如往常沒特別提高音量回答：

「比方說，臘梅樹有個名字叫臘梅，下雨時，我們可以說到臘梅的葉子下避雨。美味的蒲公英叫蒲公英，當我們說想大啖蒲公英葉子時，不會糊里糊塗地吃蕁麻。」

但是，想要知道爲什麼動作慢吞吞的蝸牛的一番言論，並沒有勾起同伴多大的興趣。牠們低喃著一切如舊很好啊，知道臘梅、蒲公英、松鼠、金翅雀的名字，以及牠們稱草地爲蒲公英國度，這樣就夠了。在牠們看來，牠們不需要其他東西，現在的模樣，當個又慢又安靜的蝸牛就很快樂，只要努力維持身體溼潤，養胖點好過冬。

有一天，想要知道為什麼動作慢吞吞的蝸牛，聽到兩隻年邁蝸牛的對話。牠們聊到住在山毛櫸樹枝間的貓頭鷹，也就是草地一端那三棵當中最老最高的那一棵。牠們提到貓頭鷹博學多聞，每逢月圓之夜，不管會不會被聽到，牠都會嘰嘰咕咕地禱唸著許多樹木的名字，有核桃木、栗樹、櫟樹以及橡木，都是蝸牛從未目睹也無從想像的樹木。

於是，牠決定去請教貓頭鷹慢吞吞的原因，牠拖著無敵慢，超級無敵慢的步伐，往最老的那棵山毛櫸而去。出發時，上頭是成蔭的臘梅葉，露水映照著第一道曙光，襯得整片草地閃閃發亮，當牠抵達山毛櫸，漆黑已經籠罩，猶如一層蔓延開來的靜默。

「貓頭鷹，我想請教你一個問題。」蝸牛往上伸長身體低聲說。

「你是誰？你在哪裡？」貓頭鷹想知道。

「我是一隻蝸牛，我在樹幹下。」牠回答。

「請你爬到我住的樹枝上來吧，這樣比較好，你的聲音就跟青草生長的聲音一樣太微弱了。上來吧。」貓頭鷹出聲邀請，於是蝸牛再一次展開無敵慢，超級無敵慢的旅程。

牠爬上山毛櫸的最高處，一路上只有微弱的星光穿透枝葉照耀，牠經過一隻抱著孩子睡覺的松鼠，避開一隻在樹枝間結網的蜘蛛，當牠爬得筋疲力竭，終於爬到貓頭鷹住的那根樹枝，這時新的一天的光芒恢復了山毛櫸原本的色調。

「我到了。」蝸牛低喃。

「我知道。」貓頭鷹回答。

「你不睜開眼睛看看我嗎？」蝸牛再次低聲說。

「我會在夜裡睜開眼睛，看清楚所有的東西，到了白天就閉上眼睛，回想之前看到的一切。你想問什麼問題？」貓頭鷹問。

「我想知道爲什麼我這樣慢吞吞？」蝸牛嘟噥。

這時貓頭鷹睜開圓圓的大眼睛，專注地看著蝸牛。接著又閉上了眼睛。

「你慢吞吞是因爲馱了一個笨重的東西。」貓頭鷹指出。

蝸牛認爲這個回答沒說服力，牠從不覺得自己的殼很重，馱著殼一點也不累，牠也沒聽過哪個同伴抱怨太重。所以牠這樣回答，同時也等著等貓頭鷹停下轉頭的動作。

「我會飛，但是做不到。從前，遠在你們這群蝸牛定居在這片草地以前，那時的樹木比現在看得到的還要多。有山毛櫸、栗樹、櫟樹、核桃木，以及橡木。這些樹木都是我的家，我會從一根樹枝飛到另外一根樹枝，想起這些已經不在的樹木，讓我傷心難過，心碎到再也飛不動。你是隻年輕的蝸牛，所有你看過的，所有你體驗過的，不管是悲是喜，是雨水還是陽光，是寒冷還是黑夜，都會跟著你，變成包袱，因為你的身體是這麼嬌小，自然讓你變得慢吞吞的。」

「那麼這麼慢能做什麼？」蝸牛低聲問。

「我沒辦法回答你。你要自己去找答案。」貓頭鷹說。接著牠安靜下來，擺明不希望再聽到其他問題。

第三章

重要的決定

想要知道爲什麼動作慢吞吞的蝸牛見過貓頭鷹後，拖著無敵慢，超級無敵慢的步伐回到了臘梅樹，碰到同伴正在進行牠們說的「例行工作」。

有一回，沒有任何一隻蝸牛確切記得是哪時發生的事，一陣風把幾頁彩色的紙張吹到草地上來，紙張四四方方，邊緣光滑平整，跟牠們所認識的樹木和植物的葉子都長得不一樣。那幾頁紙張翩然滑落，在空中輕輕地飛舞，最後降落在溼漉漉的青草上。紙張印著怪異的黑色符號，上面的幾個人類是那樣安靜、迷你，跟草地居民印象中的危險模樣天差地別，震驚了所有的蝸牛。

牠們以無敵慢，超級無敵慢的速度，爬過掉落的紙張，聚精會神地觀看著這些動也不動的人類，他們排著隊伍，前方的一大片空間，盡是看起來美味無比的食物，那幾頁的最後，人類的手裡都捧著食物，一臉開心。

「我不記得是誰，但是牠告訴我人類一生都在重複同樣的事情、動作和行爲，他們叫做『例行工作』。」一隻年邁的蝸牛指出。

「我覺得把吃飯當作例行工作是個不錯的主意。」另一隻蝸牛指出，其他同伴搖了搖牠們的觸角大表贊同，牠們覺得進行集體吃飯的例行工作眞是個絕妙的好主意。

從這天開始，牠們改掉獨自進食，餓了就吃的習慣，決定一起吃飯，因此每到黃昏，牠們就會聚集在臘梅肥厚的樹葉下。爲了增添例行工作的愉快氣氛，牠們會輪流低聲提問題，再低聲回答問題。

「我們有什麼可以吃的？」一隻蝸牛問。

「蒲公英，美味的蒲公英。」另一隻回答。

「我想吃點美味無比的食物。」一隻說。

「我推薦蒲公英。」另一隻回答。

因爲「例行工作」，蝸牛每天下午都在臘梅樹下集合，一起吃蒲公英的葉子，然後低聲聊著辛勤工作的螞蟻；聊著目中無人的蟋蟀大步地跳過草地，沒停下腳步跟任何生物打過招呼。還有潛伏在牠們四周的危險，牠們尤其害怕毛毛蟲和甲蟲，前者的力量比起牠們抓住臘梅葉的力氣還大，後者威力驚人的嘴巴足以擊破牠們的殼。但是牠們最害怕的還是人類。當有一隻蝸牛低呼「啪！」，一隻跟著低呼，另一隻再接下去低呼，當所有的蝸牛都一致發出低呼的警告聲，牠們就知道又有人類走路漫不經心，笨重的大腳任意亂踩，害牠們的許多同伴再也無法享受黃昏時刻歡樂的例行工作。

想要知道爲什麼動作慢吞吞的蝸牛每天下午都會到臘梅樹下，參加吃飯的例行工作，然後低聲聊著當天發生的事，不停地問著爲什麼慢吞吞和沒有名字的問題。

「我們來看看。」一天下午，其中一隻比較年邁的蝸牛回答，牠已經聽煩了牠的問題。「我們慢吞吞是因爲我們不知道該怎麼跟蟋蟀一樣跳躍，或者像蝴蝶一樣飛舞。至於名字，你應該要知道只有人類有能力替草地的東西和生物取名字。別再一股勁兒地問些蠢問題，要是不聽，我們會把你逐出草地。」

聽到這個威脅，想要知道爲什麼動作慢吞吞和希望有個名字的蝸牛感到難過不已。牠也難過沒有任何同伴站出來聲援牠或替牠辯護。

牠更難過的是竟有幾個同伴低聲附和：「對，對，叫牠滾吧，我們想要平靜過日子。」

於是，牠卯足全力伸長脖子，動動牠的觸角，視線掃過每個同伴，一個接著一個，最後使盡吃奶力氣拉高從小嘴巴吐出來的音量：「那麼我就離開吧！當我知道我們爲什麼這麼慢，還有等我有個名字，我才會回來。」

第四章

新朋友

其他蝸牛一邊繼續進食，一邊望著想要知道爲什麼動作慢吞吞和希望有個名字的蝸牛以無敵慢，超級無敵慢的速度離開，直到身影被草地上高一點的青草吞沒。

當黃昏轉成黑夜，浸溼露水的青草和植物映照繁星的光芒，牠決定找個安全的地點過夜，一個平整的地方，可以讓牠黏住身體，馬上縮進牠的殼裡。牠用無敵慢，超級無敵慢的速度前進，先是爬向一邊，不過眼前只見青草，所以牠換方向，牠的兩顆小眼睛看見一個不算高的石頭，覺得那是非常理想的落腳地點。於是牠用慢吞吞、慢到不行的速度爬到頂端，找到一個比較平整的表面。然後立刻伸展腹足，吸住跟蝸殼口差不多大小的面積，再縮回去。這兩個動作完後，牠確定自己牢牢地黏住石頭，便開始睡覺。

殼裡面漆黑一片。牠的脖子、頭、觸角和眼睛縮成一團，順應裡頭的空間，但是腦海縈繞不去的思緒，讓牠遲遲無法進入夢鄉。

牠想著，或許丟下同伴，遠離臘梅樹的安全懷抱是個錯誤，但是同時間，有個東西，有個不屬於牠的聲音，不斷叨唸著動作慢吞吞一定有它的原因，而有個名字，有個專屬自己的名字，能讓牠獨一無二，不會跟其他同伴搞混，是多麼美妙的一件事啊！

想著這件事時，牠感覺到石頭移動了，雖然幾乎察覺不到，不過眞的移動了。牠從年邁的蝸牛同伴那裡聽過一些可怕的故事，有一種叫刺蝟的動物，全身覆蓋長刺，牠們覓食時，能推開沉重的石頭。

石頭再次動了動，牠聽到一抹疲倦，疲倦不已的聲音響起：

「……是誰……爬……上來……了……？」

牠也從老一輩的蝸牛那裡聽過，當風吹過燈心草，會發出駭人的聲音，可是下面傳來的聲音，並不會讓牠嚇得心驚膽跳。

「你是會講話的石頭嗎？」牠低聲問。

「……會講話……的石頭？……如果你看清楚我……好吧……沒關係……這不算……冒犯……那你呢？……你……是誰？」

「我是一隻蝸牛，我黏在你身上過夜。可以嗎？」

「……一隻……蝸牛？……可以……你可以留在上面……。蝸牛……你跟我蠻像的……。」

吐出這句話，那顆石頭動了動，在草地上尋找舒服的位置，而蝸牛滿腦子問號，想著那句蠻像的到底是什麼意思。

「你為什麼講話這麼慢？難道你跟我一樣是慢吞吞的生物嗎？」

「我講話……就是這樣……慢吞吞……因爲……我有時間……非常多時間……好好……睡個覺吧……蝸牛。」

蝸牛問了好幾個問題，但是都沒得到回應，最後牠安心地睡著了。一陣輕輕的呼吸聲，傳到牠黏住的光滑表面來，那是在滿天繁星庇護下進入夢鄉的生物，心滿意足的聲音。

蝸牛感覺到石頭或者那個慢吞吞的生物動了動，於是醒了過來。牠以無敵慢，超級無敵慢的動作伸展腹足，探出頭，伸伸頂著兩顆眼睛的小小觸角，牠看見自己正身處在四周非常美麗的地方，一如草地上較潮溼的地方，石頭會用青苔覆蓋住自己。

「……蝸牛……你自己決定吧……要嘛下來……要嘛我帶著你走……。」那抹疲倦的聲音說。

牠以無敵慢，超級無敵慢的速度爬下來，抵達青草上，這時牠發現自己不是黏在一顆會講話的石頭上過夜，而是一個也揹著硬殼的生物，底下露出相當粗壯的四肢，還有一個滿是皺褶的脖子，一個不算嚇人的嘴巴，和一雙半睜開，正專注打量牠的眼睛。

「……我是……一隻……烏龜……」當烏龜發現蝸牛正伸長脖子看牠，便解釋。

蝸牛從沒看過這樣擁有龐然身軀卻不嚇人的動物。牠說出感覺時，烏龜把頭湊過去聽清楚牠的低語，然後告訴牠，牠還要很久才會長大。牠講話溫吞吞，彷彿在挑選比較貼切的詞彙，但是這樣讓牠疲累，牠說，自己也曾是個容易擔心受怕的小生物，牠跟那些長壽的大陸龜有血緣關係，牠們需要龐大的身軀來保存記憶，包括曾看過、聽過、怕過、愛過的一切，生氣和快樂的原因，對冷或熱的疑惑，對嚇人的火和清涼的水的回憶。

烏龜開始往前邁進，雖然牠每一步都無敵慢，超級無敵慢，蝸牛想跟在牠的頭旁邊，仍要花好大一番力氣。不一會兒，蝸牛就疲累不堪，要求烏龜讓牠爬回牠的殼上。

「我跟不上你的速度，對我來說你的速度太快了。」蝸牛說。

「……我……太快？這是……我第一次……聽到有人對我……這樣說……好吧，蝸牛……爬上來吧……。」烏龜回答。

蝸牛爬了上去，在烏龜的頭後面找個位置待好，問牠要去哪裡，烏龜說這個問題問錯了，應該要問牠從哪裡來才對。烏龜前進時，蝸牛感覺草地上的青草以牠從沒看過的超快速度掠過，與此同時，牠聽烏龜說牠自己來自人類的遺忘。

「我不知道什麼是遺忘，我也不認識人類。」蝸牛嘟噥。

這時烏龜放慢腳步，聊起牠滿心歡喜地到了一間屋子，在那裡，新鮮的萵苣葉、多汁的番茄果肉，以及草莓蜜，源源不絕。幾個人類的小孩伺候牠、寵愛牠，甚至在花園的一處替牠鋪了一個舒適的麥桿床。烈陽高照的日子，那座花園是牠的世界，當冰冷的雨水降下，白天變短，接著白雪把花園變成無法居住的冰凍世界，人類的小孩會把牠帶進家裡，讓牠睡在溫暖舒適的角落。

「你過得還不賴嘛。」蝸牛指出。

「……我……的確沒什麼好抱怨……可是人類長大後……會遺忘……。」烏龜嘆口氣，然後告訴牠，隨著時間過去，人類的小孩長大成青少年後變成大人，對牠的照顧越來越疏忽，食物越來越少，直到他們覺得牠礙眼，想擺脫牠，就把牠遺棄在這片草地上。

聽完烏龜的故事，蝸牛不禁悲從中來，烏龜從牠懂的許多詞彙中慢慢地挑選用字遣詞，述說後來牠如何在這片草地上流浪，處在許多有時親切、有時充滿敵意的陌生生物之間，永遠告別牠曾經的家，尋找未知的地方，蝸牛聽到這更是心如刀割，這個情況有個非常殘酷的名稱，叫做「出走」。

「我可以陪著你嗎？」蝸牛低聲問。

「……先……告訴我……你在找什麼……」烏龜說，於是蝸牛吐露牠想找出慢吞吞的原因，還有牠想要有個名字，因爲從天空掉落的水叫做雨，長滿細毛的常春藤結的果叫做黑漿果，蜂巢溢出的香味叫蜂蜜。然後，牠也告訴烏龜，牠的疑問和願望引起同伴的憤怒，牠們氣到威脅要把牠逐出草地，所以牠下定決心離開，直到找到答案和有了名字，才會回去。

烏龜用比平常還要冷靜的方式，去嚴選回答所需使用的字語，接著告訴牠，當牠跟人類在一起時，學會了許多東西。牠說，當某個人類問了讓其他人不太舒服的問題，比如：「有必要這麼急嗎？」或者「我們眞的需要這麼多東西才能快樂嗎？」他們會叫他「異議份子」。

「異議份子，我喜歡這個名字！」蝸牛低呼。「人類替你取過名字嗎？」

「……當然……因爲我……總是……不會忘記走過……跟回去的

路……他們叫我……記憶……但是……他們卻忘了我。」

「那麼，記憶，我們繼續在一起囉？」蝸牛問。

「……好呀……異議份子……」烏龜回答，然後慢吞吞、慢到不行地轉動身體，跟蝸牛表示牠們要往回走，因爲牠想給牠看某個重要的東西。這個東西能讓牠明白，牠們早在認識之前，就同在一條命運之船上。

第五章 發現危險

當牠們抵達草地邊緣，太陽已經高掛在天空正中央，這兒是老一輩蝸牛稱作生命盡頭的地方。眼前盡是一片黑，彷彿一片夜晚的皮膚黏在地面並綿延而去，覆蓋住野花野草。

這一條黑色帶狀物的另一頭，看得見人類的身影，有些人努力堆著在蝸牛眼裡看來像是石頭的東西，一顆接著一顆疊上去。蝸牛訝異不已，低聲說人類跟築巢的蜜蜂一樣勤奮，而烏龜在牠深似海的回憶裡尋找字彙，跟蝸牛解釋那些人類正在蓋屋子，讓其他人類，包括大人和小孩可以住進去，他們會把家當用龐大的動物載過來，這種動物有著強壯、跑得快的圓滾滾四肢，全靠金屬的心臟推動。

「或許他們劃了一條界線，黑色帶狀物的那一頭住的是人類，這一頭住的是草地生物。」蝸牛低喃。

「……異議份子……事情沒有……這麼簡單……看看兩邊……。」

攀登在龜殼上的蝸牛，使勁地伸長脖子和頂著兩顆眼睛的觸角。當牠看到黑色帶狀物兩邊的景象，忍不住發抖，徒勞地想找出牠認識的字彙來表達。烏龜察覺蝸牛的不安，便帶著慣有的冷靜，仔細解釋那條黑色帶狀物叫做道路或馬

路，人類身旁的龐大動物叫做機器，至於它們吐出來的那團黏稠的東西叫做柏油。人類不習慣靠兩條腿移動，他們覺得太慢，所以選擇靠金屬動物來移動，而速度越快，越能激起讚嘆和妒嫉。牠所看到的是人類正在草地上鋪柏油，好讓他們威猛的動物可以停歇在上面。

「我不知道該怎麼形容我的感覺，不過我不太喜歡。」蝸牛嘟噥著。

「……那叫做……恐懼……異議份子……恐懼……」

「那麼別叫我異議份子。我以爲這個名字會給我勇氣，很大的勇氣。」

烏龜用無敵慢，超級無敵慢的速度，轉過身體，潛入草地。牠一邊揹著蝸牛移動，一邊告訴牠不必害怕這種恐懼的感覺，然後用牠知道的字彙，解釋人類總是說真正的異議份子會感到恐懼，但是並不因此而認輸。

星光微露，告訴牠們該停下腳步歇息，睡覺前，牠們飽餐一頓。烏龜從容不迫地嚼著蒲公英小花，蝸牛則吃著美味的蒲公英葉子。

「……你……打算做什麼……異議份子？」烏龜問。

「我不知道。我不知道我還想不想知道自己慢吞吞的原因，還是乾脆回到同伴身邊，警告牠們危險的黑色怪物就要覆蓋這片草地。」

烏龜一邊嚼著最後幾片蒲公英花的花瓣，一邊告訴蝸牛，如果牠不是一隻步伐無敵慢，超級無敵慢的蝸牛，而是像蒼鷹一樣飛得又高又遠，或者像蝗蟲一樣能大步地快速跳躍，或者跟黃蜂一樣有著視線追不上的速度，牠們這兩種慢吞吞的生物或許就不會相遇了。

「……了解嗎……異議份子？」烏龜閉上眼，下了結論。

「我想我了解了。我慢吞吞，是爲了遇見你，是爲了讓自己有個名字，是爲了你能讓我看到危險，現在我得去警告其他同伴。」

「……這個……決心……讓你……變成……一個異議份子……。」

牠們準備睡覺，蝸牛想爬上龜殼，可是烏龜表示牠希望蝸牛睡在牠旁邊，於是牠們倆就這麼做。蝸牛等烏龜先縮好四肢和皺巴巴的脖子，然後把頭跟身體全都縮進了龜殼裡，然後換牠拉緊腹足，黏在青草上，縮進蝸牛殼裡面。

牠做了一個不安的夢。牠看見機器吐出一大團黏答答的黑色東西，蓋住了臘梅樹，而牠的同伴全被駭人的黑色怪物吞噬消失。

輕柔的陽光穿過輕薄的外殼，喚醒了蝸牛。蝸牛以無敵慢，超級無敵慢的速度，探出脖子，接著伸出頂著眼睛的觸角，當牠睜開眼，卻發現烏龜已經不知去向。

從青草被壓扁的痕跡，可以推測烏龜往哪個方向離開，也就是跟臘梅樹相反的方向。

「謝謝，記憶，我會永遠記得你。」蝸牛低喃，然後拖著無敵慢，超級無敵慢的步伐，踏上與同伴重逢之路。

第六章

異議分子的警告

返回臘梅樹的路上，蝸牛出其不意地遇到幾隻整齊列隊的螞蟻，牠們馱著一小滴一小滴的蜂蜜。根據所有草地生物共同遵守的規則，牠若沒事先警告螞蟻，貿然穿過牠們留下記號的路線，牠走過的溼答答痕跡會讓螞蟻弟兄迷失方向。

「各位螞蟻弟兄，我得穿過你們的路線，我要回去警告我的同伴有個浩劫就要降臨。」牠低下頭說著，頭幾乎要碰到地面了。

「什麼浩劫？可以告訴我們嗎？嘿！排好隊伍！」一隻年紀稍大的螞蟻問，牠沒搬運東西，只是精力十足地監督其他同伴是否有好好工作。

於是蝸牛告訴牠們人類做了什麼，描述他們在草地一頭開始鋪上一層有一點黏，比沒有星星的暗夜還要漆黑的東西。

「聽起來好像很嚴重，不過我不能決定該怎麼做。我的工作是指引工蟻回到蟻窩。我說過排好隊伍！請跟我來，跟蟻后談談吧。」

蝸牛跟著螞蟻前進，不過跟不上對方快速的腳步，所以牠眼睜睜地看著螞蟻超前，自己仍以無敵慢，超級無敵慢的步伐繼續前進，等到牠抵達蟻窩時，蟻后早已在那裡等著牠，身邊圍繞著下屬。

「唉唷，你可遲到真久。竟然讓蟻后等你。」超前牠的螞蟻用責備的語氣對蝸牛說，不過蟻后要牠閉上嘴，然後走向蝸牛。

「你說的是眞的嗎？人類當眞要在草地上鋪上一層比深層泥土還要黑的地毯嗎？」

「是眞的，這件事對草地所有居民來說眞是不幸。有一隻叫記憶的烏龜帶我到草地邊緣那裡，讓我親眼目睹這件事。」

「這不是我們第一次遇到這樣的狀況了。我們必須採取行動，搬家！」蟻后一聲令下，所有的螞蟻馬上搬運一片片的樹葉、一滴滴的蜂蜜、一顆顆的種子，以及牠們儲存在地下隧道裡的所有食物。

「蝸牛，幸好你動作慢，你要是跟兔子跑得一樣快，或者跟蛇爬得一樣快，就不看見我們，無法發出警告。你的大名是？」

「我叫異議份子，這是記憶替我取的名字。」

「記憶，異議份子，謝謝你們。」

蟻后說著，並一邊喊：「搬家！搬家！」

然後牠跟隨著長長的螞蟻隊伍，一起離開了牠們的蟻窩。

在太陽最後幾道光芒撫過草地之前，蝸牛還警告了甲蟲，對方也在聽到警告後，感謝牠動作慢，否則跟蜥蜴或蚱蜢一樣快的話，就不會看見並警告牠們了。

蝸牛看著甲蟲急急忙忙地拋棄牠們原本的窩，整齊有序地推著食物小球離開了。

異議份子累翻了，這隻已有個名字並開始認識慢吞吞好處的蝸牛，決定在回鄉見同伴發出警告之前先休息一下，牠的同伴那個時刻應該正在進行例行工作——聚集在臘梅樹下一起進食——渾然不知道大難即將臨頭。縮進殼裡前，牠注意到草地上的夜行性生物正在躁動。

害怕陽光的蚯蚓爬過青草，留下溼漉漉的痕跡；螢火蟲也展開逃亡，牠們低空飛舞，照亮了底下正在出走的毛毛蟲。而草地的迷你綠蛙一邊呱呱叫一邊跳向前，尋覓著水窪。

精疲力竭的異議份子昏昏欲睡，襲來的睡意叫人愉悅，正當快進入夢鄉那刻，牠聽到微弱的聲音，從青草的底端傳來。

「你是大家談論的那隻蝸牛嗎？」那聲音問。

「是呀，請問你是誰呢？」牠低聲問。

於是，牠旁邊的地面微微隆起，青草所在的土地被翻動成一個小土丘，一顆頭探了出來，那是隻有個尖鼻子的生物。

「我是鼴鼠。住在這片草地上的生物，有些在空中飛翔，有些在青草間走動，有些則在地底

下遁行。人類眞的會在這裡鋪上一層黑色的冰嗎？」

蝸牛告訴牠，很不幸這是事實，鼴鼠跟牠道謝過後，便消失在土丘下，牠要通知牠的同伴，牠們還得挖很長的隧道。

異議份子，也就是這隻已有個名字，並開始認識慢吞吞好處的蝸牛，更進一步了解自己慢吞吞的原因。牠再次準備入睡，但是隨著更多疑問被牠帶進殼裡，使牠輾轉難眠。

要是同伴對牠的話嗤之以鼻呢？要是臘梅樹葉下的同伴把牠的警告當作無端滋事，一如牠們這麼看待牠想要有個名字和想知道自己慢吞吞的原因呢？要是牠們眞相信牠的話，願意離鄉背井，也就是離開蒲公英國度，牠們該去哪裡呢？

第七章 啓程

臘梅樹葉下，絲毫不知大難即將臨頭的蝸牛群，幾乎沒有一隻回過頭看誰來了。

「看來你沒離開太遠嘛！」一隻年邁的蝸牛說。

「你是餓了回來？還是帶著更多疑問回來？」另一隻不停咀嚼蒲公英葉子的蝸牛語帶諷刺地問。

「如果我沒記錯，你說你要有個名字，而且知道了慢吞吞的原因，才願意回來。你想告訴我們什麼嗎？」另一隻蝸牛加入，語氣充滿濃濃的譏諷。

異議份子不理會那些輕鄙的目光，牠以無敵慢，超級無敵慢的速度，走到臘梅舒適的樹蔭底下，告訴大家牠跟一隻叫記憶的烏龜相遇的故事。

「噢！挺有趣的相遇嘛！草地上一個慢吞吞的生物遇上另一個一樣慢到不行的生物。那你們做了什麼？難不成是比賽速度？」另一隻年邁的蝸牛嘲諷。

異議份子再一次忽略那些冷嘲熱諷，告訴牠們牠親眼目睹的一切，人類入侵草地，即將鋪上一層只會徒添悲傷和讓人窒息的黑色東西。

這次，牠的話引起年輕一輩蝸牛的注意和警覺，不過老一輩的蝸牛卻認爲這分明是挑戰牠們的權威。

「我們都沒看過你說的那個東西，大家都知道烏龜最愛編造子虛烏有的事。」其中一隻蝸牛指出。

「如果這是千眞萬確的，誰說人類會入侵到臘梅樹下呢？」第二隻年邁的蝸牛說。

「我們永遠不會丟下臘梅樹下的家園。我們永遠不會離開蒲公英國度。」另一隻年邁的蝸牛宣稱。

這時，異議份子告訴牠們草原上其他生物的情況。牠說螞蟻、甲蟲、蚯蚓和鼴鼠都紛紛拋棄草地，照牠看來，蝸牛同袍也該這麼做。

「眞是太過分了。你簡直是個異議份子，我要求你證明你所說的話，否則閉上嘴，永遠滾離這裡。」年紀最老的蝸牛語帶威脅地說。

異議份子認爲，照同伴慢吞吞的速度，鐵定會來不及看到草地其他生物或揹著、或推著牠們的儲糧出走，不過，就在牠思考的同時，牠的視線停佇在開著臘梅花的長長枝椏上，那上頭托著密密的紫花，花瓣朝著天空綻放。

「跟我爬上來吧。」牠低聲說。

異議份子以無敵慢，超級無敵慢的速度，開始攀爬其中一根耐著風吹，不停擺動的枝椏。幾隻年輕的蝸牛跟著牠後頭爬上去，而爲了權威問題，幾隻年邁的蝸牛也加入行列。

牠們速度慢，花了些時間才抵達枝椏頂端。牠們花了一番力氣，才將身體牢牢地黏在花瓣上，而當所有蝸牛舉起觸角看向草地的另外一端，牠們看到了令人憂心的景象。

異議份子回想起記憶的話，耐心地跟同伴解釋，人類身邊的怪物叫作機器，而濃密的煙霧遮住了再過去的一點景象，那是被一層黑色東西覆蓋後正在燃燒的青草，那層東西一開始軟軟稠稠的，像是雨後的泥濘，之後會變得跟石頭一樣堅硬而無法穿透。

「他們非常接近了。」最老的那隻蝸牛說，恐懼讓牠聲音中的傲氣已不復見。

「我們快逃吧！我們快逃吧！」幾隻最年輕的蝸牛說，然後牠們以無敵慢，超級無敵慢的速度開始往下爬。

回到臘梅樹下後，所有蝸牛已改用尊敬的目光，看著警告牠們浩劫即將來臨的蝸牛。

「你說的沒錯。你這趟出門學到很多東西，你得領導我們離開這裡。你在離開前，曾說過除非有個名字，不然不會回來。你已經有名字了嗎？」最老的那隻蝸牛問。

「你剛剛在爬枝椏前已經叫過我的名字了。我叫異議份子。這是記憶替我取的名字。」

「我們該去哪裡？」其中一隻年輕的蝸牛問。

「我們得離開蒲公英國度，不過我們會找到新的家園。我們要去新的蒲公英國度。」異議份子肯定地說。

於是所有的蝸牛以無敵慢，超級無敵慢的速度，帶著痛苦告別失去的家園，離開那棵臘梅樹。

第八章

未知的命運

這群蝸牛以無敵慢，超級無敵慢的速度，穿越青草叢。牠們個個神情哀淒，彷彿悲傷是塊不算小的負擔，壓得牠們的殼變得好沉重。牠們都不敢說出自己的不安，牠們頻頻回過頭看心愛的臘梅樹，過了好一會兒，再也看不見它了。其中有一隻同伴警告大家，牠們正在前往草地邊緣的路上——也就是往人類那裡去。

「等一下！你這算哪門子的領導？居然帶領大夥前進危險的地方？」牠的話讓蝸牛群更加不安。

異議份子停下腳步，提醒牠們在最古老的山毛櫸樹上住著的鳥兒和松鼠，牠們習慣站在樹枝上觀看太陽下山，住在草地上的兔子和青蛙也一樣這麼做。

「許多生物會默默地感謝陽光帶來的溫暖，就連花朵也會爲了留住最後的一絲暖意，慢慢地合起來。可是我們這些生活在樹蔭下的生物，從沒停下來凝視白天轉換成黑夜。」異議份子指出。

「那當然！我們避開太陽，是因爲這條命全賴身體保持溼潤。不過，我還是不懂你爲什麼要帶我們往人類那邊去。」其中一隻年邁的蝸牛問。

「因爲跟記憶一起旅行時，我仔細觀察過人類，我看到他們只把那層黑色的怪物鋪在他們住的殼的旁邊，也就是用木頭跟石頭搭蓋，他們稱作屋子的地方。或許那些人類也喜歡凝視太陽西下回到它的巢穴吧。」

「或許！或許！這意味你帶著我們前往一個從未看過的地方，或許我們到得了，但卻沒十足把握！」另一隻老蝸牛氣呼呼地說。

「那麼我要說或許我們不該離開臘梅樹，或許人類不會入侵到那裡，或許我們應該停止這一場毫無意義的冒險。」另一隻年邁的蝸牛指出。

「對！讓我們回去永遠都不應該離開的地方吧！」好幾隻蝸牛齊聲說，於是蝸牛分裂成兩派。幾乎所有的老蝸牛都拖著無敵慢，超級無敵慢的步伐，踏上返回臘梅樹之路，而比較年輕的蝸牛則抬起觸角，看向異議份子。

「我的確無法肯定是不是能找到新的蒲公英國度。我的確不知道到底在何處，還有要花多久時間才能找到。我的確不知道我們會不會遇到重大的危險，以及我們是不是全都能安然抵達。不過，我知道新的蒲公英國度在前方，而不是在後方。我會繼續我的路，至於你們，可以選擇跟著我或者走回頭路。」

異議份子拖著無敵慢，超級無敵慢的步伐繼續向前邁進，當牠回過頭，牠看到所有的蝸牛都跟在後面。牠既不感到驕傲也不覺得快樂。這一刻，牠想著牠寧願不要大家跟上來，自己一個人的話，牠只需要替牠的命運負責。這些蝸牛的信任，讓牠感到無比恐懼，不過牠想起記憶說過，真正的異議份子會感到恐懼，但是會加以克服，於是牠拖著無敵慢，超級無敵慢的步伐繼續前進，穿越一叢叢的青草。

第九章

貓頭鷹拔刀相助

蝸牛群抵達一條表面硬蹦蹦的黑色帶狀物旁，也就是人類口中的道路。這時，黑夜降臨的第一道陰影模糊了野花野草的輪廓。

「真恐怖！這條黑色的地面上沒有任何植物！」其中一隻蝸牛低呼。

「我們現在該做什麼？」另一隻蝸牛問。

「等到人類休息。記憶告訴過我，人類會躲進家裡，就像我們縮進殼裡一樣。他們會在那裡面休息。」異議份子回答。

人類的屋子有洞孔，可以看到亮光，彷彿所有的螢火蟲都躲在裡頭。蝸牛飢腸轆轆，但咀嚼了道路邊幾片野草的葉子便放棄了。味道嚐起來很怪，不怎麼可口，類似他們眼前綿延而去的黑色地面發出的臭味。

繁星點點，黑夜靜謐，屋子的光點全部熄滅。異議份子知道牠們得加緊腳步找到新的蒲公英國度，否則黑夜將越來越長，氣溫越來越低，牠們需要填飽肚子才撐得過冬眠，不被冰霜白雪凍傷。

「就是現在。」異議份子低聲說，這是牠的身體第一次接觸堅硬的黑色覆蓋物，不久前這裡還是肥沃草地。

牠覺得地面又硬又粗糙，臭味令他難受，不過非常平整，沒有需要越過或者繞開的障礙物，牠們的速度雖然無敵慢，超級無敵慢，但可以輕而易舉穿越平整的地面。

「我感覺到一股非常舒服的溫熱。」有隻蝸牛低語著，然後牠便停止爬行了。

「沒錯。溫熱也進入了我的身體。」另一隻蝸牛也停了下來。

「這種溫度讓我感到非常愉快。我們何不停下來？等日出後再繼續前進呢？」第三隻蝸牛問。異議份子想起記憶曾說過，這層地面是黑的，所以不會反射陽光，而是留住陽光的熱度。但這是個陷阱，記憶如此解釋。草地的一些動物，比如刺蝟，曾經被熱度吸引，留在這片荒蕪的地面酣睡，就成了自投羅網的獵物，被人類代步用的巨型怪獸給吞噬。

「不行。我們得繼續前進，不要停下來，我們要努力爬到另外一頭。」異議份子說，就在這一刻，轟隆隆的巨響，嚇得牠們全都動彈不得。

馬路的一頭，有個睜著閃爍大眼的動物急速接近，那刺眼的光線掃過牠們，動物就像暴風雨的狂風那樣呼嘯而過，等到它遠去，牠們發現幾個同伴已不見蹤影。

異議份子和所有的同伴都嚇得直發抖，牠命令大家不要停下來，趕在剛剛那頭動物回頭或其他駭人的動物出現之前離開。

這是一場沉重的旅程，大家無不低聲抱怨著內心的恐懼，或者後悔跟著牠離開，而抵達馬路的另一側後，牠們在一處寒冷的圓形洞穴尋找棲身之處，洞穴裡還淌著一條涓涓細流。牠們把身體黏在洞壁上，既痛苦又疲累，進入了夢鄉。

除了異議份子之外，所有的蝸牛都呼呼大睡，牠留在洞穴口，那觸角上的眼睛專注地盯著夜晚的漆黑。

當牠也耐不住疲累，身體準備縮回殼裡時，空氣中傳來一陣騷動，嚇了牠一跳。有隻鳥兒停在洞口。

「別怕，蝸牛。」鳥兒說。

異議份子以無敵慢，超級無敵慢的步伐走出洞穴，牠認出那是住在草地上最古老的山毛櫸上的貓頭鷹。

「你會飛了。你再也不覺得看到的一切太沉重了嗎？」

「比以前更沉重呢！但是我不得不飛。」貓頭鷹回答。牠把頭埋進翅膀，遮掩牠的哀傷，然後告訴蝸牛那三棵山毛櫸都不在了。人類和他們的機器，比草地上所有動物的動作還要快。

「臘梅樹呢？」異議份子鼓起勇氣問。

「也不在了，我們認識的草地幾乎面目全非。」貓頭鷹回答，語氣流露深切的哀痛。

「我想我們會留在這座山洞，至少大家都平安。」異議份子低聲

說道。

「這裡可不是山洞，你們也不安全。」貓頭鷹指出，接著牠解釋牠們正在人類的某一樣東西裡頭，某樣跟蚯蚓一樣圓圓長長的東西，連接到一個金屬出口，人類一聲令下，就會湧出湍急的水流。

「我失敗了。我永遠也無法帶領同伴到新的蒲公英國度。如果我跟你一樣學問淵博就好了，可是我只是隻蝸牛，動作無敵慢，超級無敵慢。」異議份子哀嘆。

「大自然賦予我的能力是觀察和學習。蝸牛，不要抱怨自己慢！烏龜因爲動作慢，每走幾步，就會回過頭看看大家是否跟著牠，我從牠那裏聽說了一個叫異議份子的年輕蝸牛。牠勇氣十足，無懼危險，勇於警告牠的同伴，並試著解救牠們。異議份子，不要放棄！我來幫你們離開這裡。」

夜晚的漆黑開始褪去，所有的蝸牛聽從貓頭鷹的指令，將身體黏在一塊木頭上，看著牠張開翅膀，快跑幾步，揮揮翅膀，收起爪子，飛到高處。

貓頭鷹展開諾大翅膀畫著圈圈，直到找到下降的氣流，衝向木頭，雙腳銳利的爪子把木頭抓了起來，然後再次往上飛，牠奮力地揮舞翅膀，因爲那塊木頭很重。

這群蝸牛鼓起勇氣，伸出頂著眼睛的觸角，從高處俯瞰太陽探出頭，並看到一大半草地已經蓋上一層黑，也就是害牠們出走的怪物。

貓頭鷹飛了一段時間，蝸牛群感覺恍若永恆。地面、樹木、猶如銀線的溪流，以及人類的房屋，正快速掠過牠們眼前，對草地上慢動作的生物來說，是前所未有的速度，直到貓頭鷹開始下降，把木頭擱在緊鄰幾棵大樹的地方。

「這裡是栗樹森林，人類暫時不會破壞這裡。你們往前走，越過樹幹上的苔蘚，會到達一塊空地。那兒有野草、野花，但是動作要快一點，因爲樹葉已經開始凋零，寒冷很快就要降臨，皚皚白雪將變成唯一的風景。我不能帶你們到空地，因爲我在那裡沒辦法飛起來。」

蝸牛群謝過貓頭鷹拔刀相助，然後目送牠飛上天，消失在樹冠之間。

「走吧。繼續上路。」異議份子低聲說，牠一馬當先，爬上了某棵樹幹上的苔蘚。

第十章

希望的延續

蝸牛群拖著無敵慢，超級無敵慢的腳步進入森林，穿過鋪著一層落葉的地面，葉子有的是蜜色，有的顏色較深，有的完整無缺，有的幾乎腐爛。沒有野草，灌木叢和小型植物長在粗樹幹旁邊，留下結過果實的痕跡，或許是小紅莓吧，那氣味讓牠們哀傷地懷念起曾經嚐過的時光。

異議份子全神貫注地尋找樹幹上的苔蘚，牠們以無敵慢，超級無敵慢的速度越過樹幹，牠憂心如焚，放眼望去都沒有食物的蹤跡。所有的蝸牛都飢腸轆轆，雖然想找到新的蒲公英國度的願望，激勵著牠們繼續前進，然而在不停凋零的枯葉之間，牠們想起需要找到一個安全、潮溼和陰暗的地點孕育生命。

蝸牛知道，草地上其他的生物，雌雄外表明顯不同。譬如公蜘蛛體型小，母蜘蛛體型大。但蝸牛則不一樣，牠們的殼裡住著兩種性別，是雌雄同體。當兩隻蝸牛交配，就能創造第三隻新生命。

就在冰霜和白雪即將降下的前夕，蝸牛群感受到繁衍後代無法抗拒的呼喚。此時，牠們進行無敵慢，超級無敵慢的儀式，摩擦觸角，讓身體準備好延續血脈的工作。首先，一隻蝸牛把一顆顆的精子放進另一個同伴身體裡，另一隻蝸牛也進行同樣的動作。牠們挖開一個深深的洞，排放著受精完成將會孵化成蝸牛的卵，以潮溼和昏暗當作掩護，避開虎視眈眈的掠食者。

異議份子知道時刻到了。找到安全的棲身地點和食物刻不容緩。

一棵又一棵的樹木、一片又一片的苔蘚，以無敵慢，超級無敵慢的速度被拋在身後。牠們前進的速度越來越慢，腳步越來越沉重，貓頭鷹告訴牠們的空地似乎遠在天邊。當黑暗降臨森林。對蝸牛來說，這是一片陌生的漆黑，不管再怎麼努力拉長頂著眼睛的觸角，還是看不到星星的光芒。

「已經看不到樹幹上的苔蘚了。我們在這裡歇息吧，等天色變亮再繼續前進。」異議份子低聲說。

「何必呢！我們永遠找不到新的蒲公英國度。」一隻蝸牛哀嘆。

「全怪你相信一隻老貓頭鷹的話。牠騙了你。」另一隻說。

「我們躲在樹葉下會很安全。」異議份子嘟噥，但是只有幾個同伴願意聽牠的建議。其他的蝸牛又累又餓，舉白旗投降，直接縮進殼裡休息。

當最初的幾道曙光照拂森林，異議份子和牠的同伴從過夜的樹葉底下鑽了出來，卻看到令牠們心痛不已的場景。沒躲起來的同伴早已不見蹤影，只剩下一個個的空殼。牠們不認識這座森林，也不知道這裡有什麼生物，牠們不知道未來要面臨哪些危險，牠們想活下去的話，就得找到空地。

依然是異議份子引領大家，以無敵慢，超級無敵慢的速度繼續前進，可是飢餓開始擊潰某些同伴的意志，牠們不想繼續走下去，寧願躲到殼裡，不抱希望地沉沉睡去。

「蒲公英國度正在等著我們。我們會到達那裡的。」異議份子低喃。而牠在這兩句話裡找到繼續前進的力量。

第十一章

新蒲公英國度

當牠們終於抵達森林空地，卻發現寒冷已提前報到，一層冰霜覆蓋了野草。

異議份子記不得牠們在葉子下度過多少個夜晚，牠唯一確定的是蝸牛的數量，比起當初離開臘梅樹家園時，只剩下不到一半。跟著牠到旅途終點的只有年輕一輩的同伴，牠們伸長觸角，望著覆蓋冰霜的草地。

草地的中央橫躺著一根粗樹幹，或許那是在某場暴風雨倒下的樹，於是牠們以無敵慢，超級無敵慢的速度前往樹幹。行進間，異議份子回過頭確認同伴是否跟在後面，當牠看到大家爬過所留下的黏液，不禁覺得那是代表著痛苦的足跡。

牠們認爲樹幹是個再理想不過的棲身場所，牠們可以輕易鑽進去，而且還有作爲家不可缺少的庇蔭和溫暖。那裡還長著沒被冰霜壓扁和凍傷的野草。雖然沒那麼美味，但是足以提供營養充飢，於是牠們以無敵慢，超級無敵慢的速度大吃特吃，直到心滿意足爲止。

牠們準備在這個新家度過第一個夜晚，牠們不知道這裡是終點，還是只是繼續下一個旅程前的一個歇息中繼站，異議份子縮進殼裡之前，仔細觀察那留在冰霜上閃閃發亮的黏液，這次，牠心想那個足跡雖然代表痛苦，卻也意味著希望，於是牠叫大家一起來觀看，希望大家永遠記得這一幕。

霜雪越下越厚，時間以草地生物無法計算的緩慢方式流逝，寒冷讓牠們進入了冬眠。牠們的身體只消耗一點點的熱量，足以讓牠們無敵慢，超級無敵慢地呼吸；讓牠們的心無敵慢，超級無敵慢地跳動；

讓牠們以無敵慢，超級無敵慢的速度長大。

這段不知道多久的時間過後，牠們從冬眠醒來。當大伙從殼裡探出身體，第一眼看到的是異議份子，牠正伸長觸角，凝視草地。高高的野草十分誘人，早一步綻放的野花開著花瓣，遍地都是美食，不過異議份子的視線停留在牠們曾經走過且留下黏液的地方。

「大家看哪！」異議份子低聲說。

那一條留下黏液的足跡直到森林的前幾棵樹木，都長著令牠們垂涎欲滴的蒲公英葉子。

「你辦到了！你帶領我們來到了蒲公英國度。」一隻蝸牛興奮地說道。

「不對。」異議份子嘟噥。「不是我帶你們來的。從我想要擁有名字而開啓的這趟旅程，我學到了許多東西。學到慢吞吞有多重要，而此時此刻，我發現只要我們渴望尋找，蒲公英國度就會在我們的心裡。」吐出這段感言後，異議份子便拖著無敵慢，超級無敵慢的腳步，跟隨同伴一塊去進食。

二〇一二年冬天，瑞典哥特堡

二〇一三年夏天，西班牙希洪

國家圖書館出版品預行編目資料

蝸牛爬慢慢 / 路易斯・賽普維達（Luis Sepúlveda）著；徐存瑩繪；葉淑吟譯. -- 二版. -- 臺中市：晨星，2020.07
面；　公分. --（愛藏本；100）

譯自：Historia de un caracol que descubrió la importancia de la lentitud

ISBN 978-986-5529-20-8（平裝）

885.81599　　109007190

愛藏本：100

蝸牛爬慢慢

Historia de un caracol que
descubrió la importancia de la lentitud

作者 | 路易斯．賽普維達（Luis Sepúlveda）
繪者 | 徐存瑩
譯者 | 葉淑吟

填寫線上回函，立刻享有
晨星網路書店50元購書金

責任編輯 | 呂曉婕
封面設計 | 鐘文君
美術設計 | 黃偵瑜
文字編潤 | 呂曉婕
作者肖像畫 | 伍迺儀

負責人 | 陳銘民
發行所 | 晨星出版有限公司
行政院新聞局局版台業字第 2500 號
總經銷 | 知己圖書股份有限公司
地址 | 台北市 106 辛亥路一段 30 號 9 樓
TEL：02-23672044 / 23672047　FAX：02-23635741
台中市 407 工業 30 路 1 號
TEL：04-23595819　FAX：04-23595493
E-mail | service@morningstar.com.tw
晨星網路書店 | www.morningstar.com.tw
法律顧問 | 陳思成律師
郵政劃撥 | 15060393　知己圖書股份有限公司
讀者服務專線 | 02-2367-2044、02-2367-2047

印刷 | 上好印刷股份有限公司

出版日期 | 2014 年 05 月 01 日
二版日期 | 2020 年 07 月 01 日
定價 | 新台幣 199 元
ISBN 978-986-5529-20-8